아침형 인간의 24시간 활용법

How to live on 24hours a day

아침형 인간의
24시간 활용법

아놀드 베넷 지음 | 이임광 옮김

책만드는집

차례

들어가는 말

    아침에 마시는 차 한잔의 기적 / 17

    여유롭게 아침을 시작하라 / 23

1_시간을 잡아라

    시간은 돈과 비교할 수 없다 / 31

    시간은 가장 귀중한 재산이다 / 34

    시간을 어떻게 사용할 것인가 / 37

    주어진 시간에 충실하라 / 39

    만족스러운 24시간을 사는 법 / 41

    어떻게 시간을 관리해야 하는가 / 43

    업무 시간 외의 시간 활용 / 45

2_과감하게 시작하라

    시간이 없다는 말은 핑계에 지나지 않는다 / 53

    일단 시작부터 하라 / 57

    시도하지 않으면 아무것도 할 수 없다 / 59

3_5분 활용법

버려지는 시간을 되찾아라 / 65

하루 속의 하루를 만들어라 / 69

정신은 지치지 않는다 / 71

무심히 지나치는 5분을 잡아라 / 73

4_퇴근 후, 할 일은 많다

여유로운 시간의 부자가 되어라 / 79

잠들기 전 40분을 유용하게 활용하라 / 82

일주일에 270분의 저녁 시간을 확보하라 / 86

5_쉴 때 쉬고 일할 때 일하라

일주일 중 하루는 하고 싶은 일에 써라 / 91

정신적 에너지를 쏟아라 / 94

잘못된 습관부터 바꿔라 / 96

6_생각을 바꾸면 행동이 달라진다

자신의 마음부터 다스려라 / 101

마음을 한 가지 주제에 집중시켜라 / 104

매일 아침, 집중력을 키워라 / 107

너 자신을 알라 / 111

돌이켜 반성하라 / 113

마음을 너그럽게 가져라 / 116

퇴근할 때, 책을 들고 가라 / 118

7_예술은 거창한 것이 아니다

관심을 갖고 들어라 / 123

음악감상을 취미로 삼아라 / 125

모든 예술은 즐기는 것이다 / 129

8_변화의 기회를 놓치지 마라

원인이 있으면 반드시 결과가 있다 / 133

호기심을 가져라 / 138

9_책 속에서 인생을 찾아라

문학 작품을 가까이 해라 / 143

깊이 있는 책읽기를 하라 / 150

10_내일의 계획을 세워라

많이 안다고 뽐내지 마라 / 155

무리한 계획에 끌려다니지 마라 / 158

첫걸음이 중요하다 / 162

들어가는 말

여유롭게 아침을 시작하라

아침에 마시는 차 한잔의 기적

나는 그저 조그만 책을 하나 썼을 뿐인데, 많은 독
자들에게 편지를 받았다. 또 여기저기 서평이 나왔
고, 그 서평들 대부분은 전체 또는 일부가 인쇄됐
고, 그 중엔 이 책만큼이나 긴 글도 있었다.

다행히 그런 글 중에 이 책에 문제점이 있다고 비판
한 내용은 거의 없었다. 몇몇 사람들은 책 속의 내
말투가 너무 가볍다고 지적하기도 했다. 그러나 나
는 전혀 그렇지 않다고 생각한다. 따라서 그런 지적
은 내게 아무런 영향을 주지 않았다. 그리고 내가
수긍할 만한 더 이상의 지적은 나오지 않았기 때문
에 나는 한동안 이 책에 문제가 없다고 생각했다.

그런데 아주 심각한 지적이 나왔다. 언론에 실린 서
평이 아니라, 분명 이 책에 정말로 애정 있는 독자

의 편지였다. 나는 그것을 여기서 짚고 넘어가야 할 것 같다. 사실 나는 이 책의 내용 중 독자들이 나를 오해할지도 모른다고 내심 걱정했었다.

지적을 받은 문장은 이렇다.

"사실 대다수의 직장인들이 자신의 업무에 열정을 느끼지 않는 게 분명하다. 열정은커녕 그나마 일을 싫어하지 않으면 다행이다. 마지못해 늦게 업무를 시작해, 될 수 있는 한 빨리 일을 끝마치려고 한다. 그가 업무에 몰두해 있는 동안 업무 의욕은 좀처럼 최고점에 도달하지 않는다. 일하는 동안 즐거움이 없기 때문이다."

이와는 달리 자신의 일을 즐기는 사람들도 있을 것이다. 이런 사람들은 가능한 한 아침 일찍 사무실에 나오려고 하고, 될수록 늦게 퇴근하려고 한다. 그러나 이들은 매일 모든 열정을 일에 쏟아넣고, 마지막

엔 녹초가 될 만큼 피곤함을 느낀다. 꼭 높은 지위에 있거나 높은 이상을 가진 사람이 아니라도, 일을 시작한 지 얼마 안 되는 말단 사원들 중에도 이런 사람이 있을 것이다.

그런 사람들이 있다는 것을 나도 믿고 싶다. 아니 분명 그런 의욕적인 사람들이 있음을 믿고, 실제로 그런 사람도 알고 있다.

나는 런던과 지방에서 몇 년 동안 말단 사원으로 있어야 했다. 당시 어떤 동료들은 자신의 업무에 있어서 대단한 열정 같은 것을 보여주었다고 인정한다. 그리고 그런 업무를 수행하면서 그들 나름대로 보람찬 인생을 살았다고 생각한다.

그러나 이처럼 운 좋고 행복한 사람들(이들이 정말 행복하다고 생각했는지는 모르지만)은 극소수였을 것이라고 확신한다. 나는 소망과 이상이 있는 대다수의 평범한 직장인들이 정말로 저녁에 완전히 지친 몸으로 집에 돌아가지는 않을 거라고 생각한다. 그들은 그다지 힘들지 않는 양심적인 선에서 최소한의 노력을 했을 것이다.

직장은 그들에게 흥미를 주기보다는 오히려 그들을 지루하게 했다고 생각한다. 그럼에도 불구하고 나는 소수이긴 하지만 업무를 마치고도 무언가에 몰두하고 싶어하는 사람들이 있고, 지금은 내가 전에 그랬던 것처럼 그들을 완전히 무시해서는 안 된다는 것을 인정한다.

실제로 열심히 일하는 소수의 직장인들에게도 어려움은 있다. 그런 어려움은 한 편의 솔직 담백한 독자 편지 중에도 나온다.

"나는 일을 마친 후에 다른 무언가를 하고 싶어 누구 못지 않게 노력한다. 저녁 6시에 퇴근할 때 솔직히 나는 당신이 상상하는 것처럼 녹초가 되고 만다."

매일 열정과 진심으로 기꺼이 자신의 몸을 일에 내던지는 소수의 직장인들이, 업무 시간 내내 적당히 나태하게 시간이나 때우는 대다수 직장인들보다 훨씬 행복하다는 것만은 꼭 말하고 싶다.

이들 소수의 직장인들에게는 "어떻게 살 것인가?"라는 충고가 덜 필요할 것 같다. 어쨌든 그들은 근무하는 날, 적어도 8시간 동안은 진정으로 살아 움직이기 때문이다. 그들의 의욕을 만들어내는 엔진은 완전 충전 상태다.

하지만 이들은 그렇지 못한 나머지 8시간의 여가를 잘못 보내고 있거나, 심지어 쓸데없는 일에 쓰고 있는지도 모른다. 그래도 이들 소수가 하루에 8시간을 낭비하는 것은 나머지 대다수의 직장인들이 하루에 16시간을 낭비하는 것보다는 훨씬 낫다. 전혀 살아 있지 않은 것보다는 조금이라도 살아 있는 게 낫지 않겠는가? 진짜 비극은 사무실에서도, 밖에서도, 전혀 노력하지 않는 사람들이 대다수라는 사실이다. 나는 이 책에서 주로 그런 사람들에게 도움이 되는 얘기를 하고 싶었다.

그렇지 않은 보다 운 좋은 소수의 사람들은 이렇게 말할지도 모른다.

"비록 내가 다른 사람들보다 충실하게 업무 시간을 보내고 있지만, 나 역시 업무 시간 이외의 시간을 충실하게 보내고 싶다. 나는 8시간은 제대로 살고 있지만, 더 많은 16시간을 보람있게 살고 싶다. 그러나 아무리 일이 좋아도 나는 오늘 일을 다 마치고 내일 일을 미리 해두고 싶지는 않다."

여유롭게 아침을 시작하라

사실, 나는 이 책을 쓰면서 이처럼 자기 일에 대한 열정과 흥미를 가진 사람들에게 내 얘기를 귀담아 들으라고 더 강력하게 호소해야 했다. 이미 인생의 참맛을 느껴본 사람들이 생활에서 더 많은 것을 요구하기 때문이다. 침대에서 절대로 나오려고 하지 않는 사람을 나오도록 깨닫게 하는 것은 정말 어려운 일이다.

혹시 자기 일에 충실한 소수의 직장인이 이 책을 읽고 있다면, 매일 돈 버는 데 몰두한 나머지 내가 이 책에서 제안하는 것을 받아들이지 못할 수도 있다. 하지만 그 제안들 중 어떤 것들은 도움이 될 수도 있다. 당신이 저녁에 집으로 가면서 낭비하는 시간에 대한 나의 충고를 받아들이지 못할 수도 있다.

그러나 아침에 출근할 때 시간을 낭비하지 말아야 한다는 제안은 다른 사람들에게 하는 것과 마찬가지로 당신도 실천할 수 있는 제안이라고 믿는다.

토요일부터 월요일까지 무려 40시간은 주중에 쌓인 피로를 풀고 심신을 최고점까지 충전하지 못한다 해도 다른 사람들과 마찬가지로 당신에게 유용한 시간이다. 그리고 일주일에 최소한 사흘 저녁은 충분히 활용할 수 있을 것이다.

당신은 낮의 업무에 지쳐 너무 피곤해서 저녁에 그 어떤 것도 할 수 없다고 내게 쉽게 말할지도 모른다. 그렇다면 나도 이렇게 쉽게 대답할 수 있다.

"만약 당신이 하는 낮의 업무가 너무 소모적이어서 생활의 균형이 깨진 것이라면, 시간을 조정해야 한다"고.

사람의 에너지는 일에 의해 독점되어서는 안 된다.

그러면 어떻게 해야 하는가? 해답은 낮의 업무에 대한 열정을 전략적으로 떨어뜨리는 것이다. 즉, 지나치게 낮의 업무에 집착하지 마라. 정신적, 육체적 엔진을 업무 시간 밖에서도 가동하라. 일을 시작한 후가 아니라 시작하기 전에. 간단히 말하면, 아침에 더 일찍 일어나라. 그러면 아마 당신은 "그럴 수 없다"고 말할 것이다.

당신은 밤에 더 일찍 잠자리에 드는 일이 불가능하다고 말할 것이다. 또 그렇게 하는 것이 생활의 리듬을 전부 뒤엎을 것이라고 말할 것이다. 나는 밤에 더 일찍 자는 것은 아주 불가능하다고 생각하지 않는다. 당신이 더 일찍 일어나는 것을 감행하다가 결과적으로 충분한 수면을 취하지 못했다면, 당신은 곧 더 일찍 자는 방법을 발견할 것이라고 생각한다. 내 생각엔 아침에 일찍 일어난다고 해서 잠이 부족해지지는 않다는 것이다.

잠은 습관과 게으름의 문제다. 사람들 대부분이 어떤 다른 일을 찾지 못해 가능한 한 오래 잠을 자는 것이라고 확신한다. 짐차를 몰고 다니며 매일 아침 일찍 물건을 배달하는 건장한 남자가 과연 몇 시간이나 잠을 잘까?

24년 동안 풍부한 임상 경험을 쌓은 한 의사는 "사람들은 대부분 잠을 많이 자면 어리석어지게 마련"이라고 말한다.

그는 "만약 사람들이 침대에서 더 적은 시간을 보내면, 10명 중 9명은 인생에서 보다 좋은 건강과 더 많은 재미를 얻게 될 것"이라고 덧붙인다. 다른 의사들도 대부분 이 판단을 확신하고 있다. 물론 그것은 성장 중인 어린이에게는 적용되지 않는다.

1시간, 아니 1시간 반, 가능하다면 2시간 더 일찍 일어나 보아라. 일찍 자야만 일찍 일어날 수 있다면, 일찍 잘 수 있을 때 빨리 잠자리에 들어라. 일 말고 다른 것을 즐기기 위해서라면, 아침에 1시간을 활용하는 게 저녁에 2시간을 활용하는 것보다 훨씬 더 큰 성과를 올릴 수 있다.

그러나 당신은 "나는 아침 일찍 일어나 할 일도 없고, 먹을 것을 챙겨줄 사람도 없어 일찍 일어나 봐야 어떤 일도 시작할 수 없다"고 말할지도 모른다. 그럼 누구에게든 밤새 식탁 위에 쟁반을 놓으라고 지시해 두어라. 그 쟁반에 비스킷 두 조각과 받침 접시가 딸린 찻잔을 놓으라고 말해 두어라. 가스레인지 위에는 약간의 차 잎이 들어 있는 주전자를 올려놓고 뚜껑을 닫아두게 하라.

아침에 일어나 당신은 가스레인지에 불을 붙이기만 하면 된다. 3분 후 물이 끓으면, 이미 따뜻하게 데

워진 찻잔에 그 물을 쏟아부으면 된다. 3분 만에 차는 우러나고, 당신은 차를 마시면서 여유로운 하루를 시작하게 된다.

이런 소박한 일들이 어리석은 사람들에게는 대수롭지 않게 보일 것이다. 그러나 생각이 깊은 사람들에게는 결코 그렇지 않다. 한 사람의 생활이 알맞고 현명하게 균형을 유지하는 것은, 아침에 여유 있는 1시간 동안 한 잔의 차를 마실 수 있느냐 없느냐에 달려 있기 때문이다.

1_ 시간을 잡아라

시간은 돈보다 훨씬 값진 것이다

시간은 돈과 비교할 수 없다

"그는 도대체 자신을 관리할 줄 모르는 사람이다. 높은 지위에 있고, 수입도 일정하고, 사치스러울 정도는 아니지만, 분에 찰 만큼 충분히 값비싼 물건들을 살 수 있는 사람이다. 그렇지만 이 사람은 항상 생활하는데 어려움을 겪는다. 돈으로는 아무것도 얻지 못하기 때문이다.

그는 넓고 좋은 아파트에 살고 있는데도 집은 항상 반쯤 텅 비어 있다. 그의 재킷은 새 것인데, 모자는 낡아빠졌다. 넥타이는 아주 멋진데, 바지는 닳고 단 것이다.

저녁 식사에 초대받아 그의 집에 가보면 유리컵은 모조리 이가 빠져 있고, 아주 질 나쁜 양고기에 맛없는 터키산 커피가 깨진 그릇에 담겨 나올 것이다.

그의 이런 상황을 도무지 이해할 수 없다. 간단히 말해서 그는 쓸데없는 것에 돈을 쓴다는 것이다. 나는 그가 가진 재산의 반만이라도 가졌더라면 좋겠다고 생각한다. 만약 그렇다면, 나는 그에게 어떻게 사는 것이 잘 사는 것인지를 보여줄 것이다."

사람들은 이처럼 자신이 꽤 재산 관리를 잘 한다는 듯이 남을 비평한다. 마치 재무장관이 된 것처럼 말이다. 하지만 그것은 쓸데없는 자부심일 뿐이다.

신문은 이런저런 사는 방법들을 설명하는 기사들로 가득 차 있다. 그런 기사들은 흥미를 유발하기도 하고 독자 편지를 받기도 한다.

최근 한 일간지에서는 '여성이 1년에 85파운드로 잘 지낼 수 있을까?'란 문제를 놓고 치열한 논쟁이 벌어지기도 했다.

나는 일주일에 8실링으로 생활하는 방법에 관한 에세이를 본 적이 있다. 그러나 하루 24시간을 사는 방법을 다룬 에세이를 본 적은 없다. 시간이 돈이라는 격언만 있을 뿐이다.

이 격언은 현실보다 약하다. 시간은 돈보다 훨씬 값진 것이다. 만일 당신에게 시간이 있으면 당신은 언제나 돈을 얻을 수 있다. 그러나 당신이 최고급 호텔에 비서가 있을 만큼 엄청난 부자라도, 나는 물론이고 난롯가의 고양이보다 1분이라도 더 많은 시간을 얻을 수는 없다.

시간은 가장 귀중한 재산이다

철학자들은 그동안 공간에 대해서는 설명해 왔지만, 시간에 대해서는 설명하지 않았다. 시간은 설명할 수 없는 만물의 원재료다.

시간이 있으면 모든 것이 가능하고, 시간이 없으면 아무것도 할 수 없다. 시간이 공급된다는 것은 날마다 일어나는 기적이다. 자세히 관찰해 보면 그것은 정말 놀라운 사건이다. 아침에 일어나면 당신의 지갑은 마술처럼 천연의 24시간으로 가득 차 있다. 그 시간은 당신 것이다.

시간은 가장 귀중한 재산이며 세상에 둘도 없는 값비싼 물건이다. 마술 같은 시간이 역시 마술 같은 방법으로 날마다 당신에게 쏟아진다.

주목해 보라! 어느 누구도 당신에게서 시간을 빼앗

아갈 수 없다. 시간은 훔칠 수 있는 물건이 아니다. 어느 누구도 당신에게 주어지는 시간보다 더 받거나 덜 받지 않는다. 이것은 아주 이상적인 민주주의다. 시간의 나라에는 어떤 지식층도 부유층도 없다. 천재들이라고 해서 하루에 1시간이라도 더 얻을 수 있는 것은 아니다.

그리고 죄를 지은 사람에게도 시간을 주지 않는 처벌은 없다. 당신이 귀하디귀한 이 시간이라는 상품을 아무리 많이 버려도 공급은 끊기지 않을 것이다. 어떤 신비로운 능력을 가진 절대자도 "이 사람은 나쁜 사람이다. 그래서 이 사람은 시간을 받을 자격이 없다. 그는 시간을 줘도 되는지를 평가하는 과정에서 탈락됐다"고 말할 수 없다.

시간은 월급보다 일정하게 지급된다. 시간은 상환되지 않는 콘솔공채(편집자주 : 상환 기간을 정하지 않고 정기적으로 일정한 이자를 지급하는 공채)보다 훨씬 확실한 유가증권이다. 근무하지 않는 일요일에도 시간은 전혀 영향 받지 않고 지불되는 확실한 급여다. 시간은 월급을 가불하듯 미리 당겨쓸 수도 없고, 시간을 빚지는 일 또한 불가능하다.

당신은 단지 지금 지나가는 시간을 낭비하고 있을 뿐이다. 당신은 내일의 시간을 쓸 수 없다. 내일이라는 시간은 항상 당신을 위해 남아 있다. 당신은 앞으로 올 시간을 미리 낭비할 수 없다. 그것 역시도 당신을 위해 남겨져 있다.

시간을 어떻게 사용할 것인가

이런 일은 정말 기적이라고 할 수 있다. 그렇지 않은가? 당신은 날마다 24시간을 사용하며 살아야 한다. 그 24시간 안에 건강, 즐거움, 돈, 만족은 물론이고, 지성미까지 발전시켜야 한다.

시간을 충실하게 사용하고, 효과적으로 쓰면 당신은 최상의 긴박감과 희열을 느낄 수 있다. 시간을 어떻게 사용하느냐에 모든 것이 달려 있다. 사람들 모두가 잡으려 해도 잡히지 않는 목표인 행복도 결국 시간을 어떻게 사용하느냐에 달려 있다.

그런데도 저마다 진보적이고 앞서간다는 신문들은 '주어진 시간으로 어떻게 살 것인가?' 가 아닌 '주어진 수입으로 어떻게 살 것인가?' 라는 내용들로 가득 차 있다. 이것은 참으로 안타까운 일이다. 돈은 시간과 비교할 수 없을 만큼 흔한 것이다.

곰곰이 생각해 보면 돈이 가장 흔하다는 사실을 인정할 수 있게 된다. 돈은 지상에 온통 뒤덮을 정도로 풍부하다. 지금 얻는 수입으로 살아갈 수 없다면, 조금 더 열심히 돈을 벌거나 모으면 된다. 돈을 많이 못 번다고 자신의 인생을 혼란에 빠뜨릴 필요는 없다.

돈이 없다면 힘든 일을 해서라도 돈을 벌어 열심히 모으면 된다. 그러나 만일 하루 24시간이란 예산을 제대로 정리하지 못하고 시간 지출 항목을 알차게 계획하지 못하면, 분명 인생을 혼란에 빠뜨릴 것이다. 시간 공급은 돈보다 훨씬 규칙적이면서도 잔인할 정도로 제한적이기 때문이다.

주어진 시간에 충실하라

어떤 사람들이 하루의 24시간을 제대로 살까?

'산다'는 것은 그냥 '존재'하거나 막 사는 것이 아니다. 사람들은 대부분 일상 생활이 제대로 관리되지 않는 것을 못마땅하게 여긴다.

이런 것에서 자유로운 사람이 있을까? 우리들 중 누가 볼품없는 모자 하나가 멋진 정장을 망치지 않는다고 확신하겠는가? 아니면 누가 고급 그릇에 심취해 거기에 담겨지는 음식이 형편없어도 상관없다고 말하겠는가?

우리들 중 누가 사는 동안 "조금 더 많은 시간이 있을 때 그것을 바꿀 것"이라고 말하지 않겠는가? 하지만 우리에게는 결코 주어진 시간 외에 더 이상의 시간은 없다.

우리는 항상 있는 그대로의 시간을 가졌고, 지금도 그럴 뿐이다. 이런 진리는 우리의 삶 속에 너무 깊이 스며 있어 이제서야 그것을 발견하게 됐다. 그래서 나는 사람들이 날마다 24시간을 어떻게 사용하는지를 연구하고 실험하고 싶어졌다.

만족스러운 24시간을 사는 법

영국 사람들은 논점이 아닌 것은 모두 무시하고 핵심만 말하는 경향이 있다. 그들은 "하루 24시간을 어떻게 운영하고 있는가?"라는 질문에도 단도직입으로 이렇게 말할지 모른다.

"나는 하루 24시간을 사는데 전혀 어려움이 없다. 나는 하고 싶은 모든 것을 하고 나서도, 신문에 나온 퀴즈까지 풀 시간이 있다. 누구에게나 하루는 24시간이고, 그 24시간으로 스스로를 만족시켜야 한다는 것은 아주 간단한 사실이다."

당신이 정말 그런 사람이라면, 나는 당신에게 필요 없는 제안을 한 것이므로 당신에게 사과하고 용서를 구하고 싶다. 당신은 지난 세월 동안 내가 그토록 만나고 싶었던 바로 그 사람이다.

당신의 이름과 주소를 알려주면, 당신이 하루 24시간을 사는 방법을 내게 알려준 것에 대해 대가를 지불하고 싶을 정도다. 당신이 정말 존재한다면, 내가 당신에게 어떻게 시간을 사용하라고 말하는 게 아니라, 오히려 당신이 내게 그 방법을 가르쳐주는 것이 마땅하다.

정말로 당신이 누구인지 나는 알고 싶다. 당신 같은 사람이 분명히 존재하고 있었는데도 내가 당신을 아직까지 만나지 못했다면 그것은 내 인생에 있어서 커다란 손실이다.

어떻게 시간을 관리해야 하는가

하지만 그런 당신이 나타날 때까지, 나는 시간을 제대로 사용하지 못해 번민하는 사람들과 계속 '어떻게 시간을 관리해야 하는가?'에 대해 계속 얘기를 하고 있어야 한다. 고통에 빠진 무수한 영혼들과 말이다. 그 사람들은 세월이 미끄러지듯 계속 흘러가는 것을 안타까워하면서도 잘 짜여진 생활의 프로그램 속에서 살지 못하고 있기 때문이다.

그런 사람들은 어떤 느낌으로 세상을 살까? 아마도 무척 힘겨운 나날을 보낼 것이다. 그러면서 끊임없이 무언가를 동경하면서 하루하루를 보낼 것이다. 이런 생각들은 사람을 끊임없이 불안하게 만든다. 왜냐하면 그것은 즐거움에 찬물을 끼얹는 반갑지 않은 것들이기 때문이다.

영화관에 가서 재미있는 영화를 보며 웃다가도 장면들 사이에서 그런 불안한 생각들이 불현듯 튀어나올 것이다.

마지막 전철을 타기 위해 달려가 플랫폼에서 전철을 기다리며 지나온 세월을 잠시 감상하며 땀을 식히는 그 순간에도, 불안한 느낌이 계속 따라다니며 이렇게 묻는다. "당신은 젊은 시절 무엇을 했나?" 그러면 당신은 "끊임없이 앞만 내다보며 달려왔다. 그런데도 그 불안한 느낌이 삶에서 떨어지지 않는 일부분이 됐다"고 반박할 것이다. 정도의 차이는 있겠지만 다들 그런 생각을 하고 있을 것이다.

업무 시간 외의 시간 활용

사람들은 누구나 보람찬 인생의 메카(성지)로 가길
바란다. 그의 마음은 그에게 "메카에 가야 한다"고
재촉한다. 그는 앞을 바라보며 여행을 한다.

가이드의 도움을 받든지, 아니면 도움 없이 여행을
떠날 것이다. 그러나 그는 메카에 결코 도착하지 못
할지도 모른다.

어쩌면 그는 메카는커녕 포트사이드(편집자주 : 이집
트 북쪽 항구 도시)에 도착하기도 전에 물에 빠져 허우
적거릴지도 모른다. 아니면 불행하게도 홍해를 건
너지도 못한 채 영광스럽지 못한 최후를 맞을 수도
있다.

그래서 그의 메카로 가고픈 욕망은 영원히 실망한
상태로 남아 있을지도 모른다. 그리고 채워지지 않

은 소망은 항상 그를 괴롭힐 것이다.

그래도 그는 그나마 운이 좋은 사람이다. 메카에 가고 싶지만 집 근처조차 절대로 떠나지 못하는 사람만큼 괴롭지는 않기 때문이다. 그리고 하루에 24시간밖에 없어서 도저히 그럴 시간이 없다고 볼멘소리를 할 것이다.

이런 알 수 없는 불편한 느낌들은 따지고 보면, 업무에 지나치게 충실한 나머지 생계를 꾸리고 사람답게 살기 위해 해야 할 일은 꼭 해야 한다는 강박관념에서 나온 것이다.

우리는 어떻게 해서든 재산을 늘리고, 빚을 갚고, 저축하고, 가족이 편안하고 건강하게 살 수 있도록 일을 해야 한다. 그렇게 하라고 어디에 나와 있든 그렇지 않든 간에 우리는 열심히 일해야 한다.

사실 이것도 보통 어려운 일이 아니다. 우리들 중

이 일을 달성하는 사람은 거의 없을 것이다.

이 일은 종종 우리의 능력 밖의 것이기도 하다. 게다가 우리가 그것에 성공한다 해도 우리는 때때로 만족하지 않는다. 또다시 그런 불편한 생각이 떠오르기 때문이다.

우리 능력의 한계를 느끼고, 우리의 힘이 미치지 못함을 실감할 때, 우리는 덜 불만스러워도 된다고 생각할 것이다. 정말로 현실이 그렇다.

정해진 업무 시간이 아닌 시간에 무언가를 한번 해보려는 소망은 발전적으로 살려고 하는 사람들에게는 어쩌면 당연한 것이다. 그 소망을 만족시킬 때까지 무언가를 시작하지 않은 상태에서 시작하기까지 안절부절못하는 마음은 영혼의 평화를 방해하고 말 것이다.

그 소망은 많은 이름으로 불려져왔지만 지식에 대

한 보편적인 욕망의 한 형태임에 틀림없다. 그리고 그 욕망은 너무 강해서 생활 속에서 체계적으로 지식을 습득하지 못한 사람들은 여전히 더 많은 지식을 찾아서 그들의 정해진 틀을 뛰어넘도록 이끌리고 있다.

허버트 스펜서는 견해로는 세상에서 가장 위대한 사람이지만, 그조차도 종종 그런 채워지지 않는 지적 욕망에 의해 그다지 유쾌하지 않은 반문에 시달려야 했다.

지적 생활에 대한 소망을 가진 사람, 즉 지적 호기심을 갖고 있는 대다수의 사람들에게는 업무 외 시간을 잘 보내려는 소망이 문학적인 형태로 나타났다고 생각한다. 그런 사람들은 이제 독서를 시작해도 좋을 듯싶다.

요즘 영국 사람들은 더욱더 문학적으로 변하고 있

다. 그러나 나는 이 점을 지적하고 싶다.

문학은 틀림없이 지식 전체를 포함한다는 것이다.

그리고 자신의 지식을 쌓아 스스로를 업그레이드하려는 갈증은 문학과는 떨어뜨려서 충족하는 것이 좋다. 이를 충족시키는 여러 가지 방법들은 나중에 소개하기로 하자.

나는 여기에서는 다만 문학에 대한 어떤 자연스런 동정도 가지지 않는 사람들에게 한 가지를 지적할 뿐이다.

"문학이 갈증을 해소하는 유일한 우물은 아니다."

2_ 과감하게
시작하라

자신감을 갖고 시작하라

시간이 없다는 말은 핑계에 지나지 않는다

이제 당신은 업무 시간 외에 무엇인가를 할 시간이 없다는 불만을 억제하며 시간에 억지로 끌려다니고 있음을 인정할 것이다. 또 당신이 느끼는 불편과 불만의 근본적인 원인이 당신이 날마다 하고 싶은 일들을 하지 못한 채 남겨뒀다는 찝찝한 생각에 있다는 것도 알게 됐을 것이다. 그런 미완성된 일들은 당신이 시간이 좀 더 있을 때 정말로 했으면 하는 것들이다.

하지만 당신은 '지금 가지고 있는 시간보다 더 많은 시간을 결코 가질 수 없다'는 불변의 진리에 주목해야 한다.

당신은 이미 주어진 시간을 모두 써버리고 있다. 그래놓고 당신은 내가 대단한 비법을 털어놓기를 바라고 있다.

이미 정해진 하루의 법칙을 달리 접근하는 비결과 미완성된 일들에 날마다 실망하지 않는 비법을 알려달라고 한다. 미안하지만 나는 그런 어떤 멋진 비결도 발견하지 못했다. 그런 비결을 발견할 것이라고 기대하지도 않는다. 어느 누구도 그런 비결을 발견하지는 못할 것이다. 그런 비결을 찾는 것은 불가능하기 때문이다.

다만 내가 지금 무슨 얘기를 하는지 알기 시작했어도, 아마 당신의 가슴속에는 희망이 되살아날 것이다. 그러면 당신은 이렇게 생각했는지도 모른다. "이 사람이 내가 그토록 하고 싶었던 것을 할 수 있는 왕도를 보여주겠구나" 하고 말이다.

유감스럽게도 그런 길은 없다. 사실상 어떤 쉬운 길도 지름길도 없다.

생활의 메카로 가는 길은 무척 길고도 험난하다. 최악의 경우 그곳에 도착하지 못할 수도 있다. 하루의 예산으로 주어지는 24시간을 가지고 편안하고 충분하게 살기 위해 일상을 정리하기 위한 가장 중요한 대비책은 하나뿐이다. 그런 생활을 위해 요구되는 끊임없는 노력과 희생을 묵묵히 받아들이고 실천하는 것이다.

이것은 아무리 강조해도 지나치지 않다. 만약 당신이 종이 한 장과 펜 하나로 그럴듯하게 작성한 시간표로 목표를 실현할 거라고 꿈꾼다면, 당장 희망을 포기하는 편이 낫다.

각성할 준비가 되어 있지 않았거나, 큰 노력에 비해 작은 결과에 만족하지 않을 거라면 아예 시작하지도 마라.

다시 엎드려 불편한 선잠에서 완전히 깨어나라. 그

것은 그다지 우울하고 어두컴컴하지는 않다. 오히
려 나는 그것이 차라리 낫다고 생각한다. 그런 상태
는 할 만한 가치가 있는 어떤 것을 하기 전에 필요
한 버팀목이 되는 긴장감 있는 의지다. 나는 그런
의지를 오히려 좋아한다. 나는 그런 의지가 난롯가
에 있는 고양이와 나를 구별하는 기준이라고 생각
한다.

내가 이토록 무게를 실어 얘기한 만큼 당신도 내 말
을 이해했으리라 생각한다.

일단 시작부터 하라

그러면 어떻게 시작하는 것이 좋을까? 그냥 간단하게 시작하자. 시작하는 데는 어떤 마술 같은 방법이 없다.

수영장 가장자리에 서서 차가운 물 속으로 뛰어들려는 사람이 당신에게 "어떻게 뛰어들죠?"라고 묻는다면, 당신은 단지 이렇게만 대답하면 된다. "그냥 뛰어들면 됩니다. 정신을 집중하고 뛰어들어요!"

내가 앞서 말했던 것처럼 시간이 일정하게 공급된다는 것은 당신이 그것을 사전에 낭비할 수 없다는 것을 뜻한다.

이듬해, 다음날, 다음 시간은 당신 앞에 마련되어 있는 시간들이다. 아주 완전하고 조금도 손상되지 않은 상태로 말이다.

앞으로 올 시간들은 당신의 인생에서 단 한순간도 잘못 활용하거나 낭비할 수 없는 것들이다. 이런 사실만으로 얼마나 기쁘고 안심이 되는가?

당신은 원하기만 하면 매시간을 새로운 방법으로 사용할 수 있다. 어떤 시간도 다음 주까지 기다렸다가 제공되지 않는다. 심지어 내일까지 기다렸다가 제공되는 경우도 없다.

수영장 물이 다음 주에 더 따뜻해질 수도 있을 거라고 기대하겠지만 그런 일은 결코 일어나지 않을 것이다. 오히려 그 물은 더 차가워질 것이다.

시도하지 않으면 아무것도 할 수 없다

당신이 정해진 업무 시간 외에 무언가를 시작하기 전에, 내가 당신만 들을 수 있도록 당신의 귀에 대고 몇 마디 경고를 하려고 한다. 당신의 열정에 대한 근본적인 경고다.

"뭔가 잘해 보려고 하는 열정은 당신을 잘못 이끌다가 결국 배신하는 물건이다."

열정은 갈수록 커지기 때문에 처음부터 그 열정을 만족시킬 수 없다.

열정은 더욱더 많은 것을 필요로 한다. 계속 커지다가 급기야 산을 옮기고, 강물의 흐름을 바꾸려고 할 것이다.

열정은 지쳐 땀흘릴 때까지 만족하지 않는다. 비로소 이마에 땀이 흐르는 것을 느낄 때, 열정은 그제야 지친다. 심지어 "나는 이것으로 충분하다"고 말할 틈도 주지 않고 말이다. 그러니 처음부터 너무 많은 일을 하려고 하지 마라. 처음에는 아주 조금 이루어진 것에 만족해라. 그리고 돌발적인 사고를 항상 예의 주시하라.

인간의 본성, 특히 당신의 약한 마음을 잘 들여다보아라. 실패가 자신감과 자존심을 손상시키지 않는다면 실패 자체는 중요한 게 아니다.

어떤 일도 기대만큼 성공하지 못하고, 우려한 만큼 실패하지 않는다. 파멸하는 사람들 대부분이 지나치게 무리하게 시도하다가 파멸한다.

하루 24시간이라는 짧은 조건 안에서 충분히 그리고 기분 좋게 사는 거창한 사업에 착수하려면, 초기에 실패할 위험을 막아야 한다. 어떠한 희생을 치르더라도 말이다.

여하튼 나는 이런 시도에서 영광스런 실패가 작은 성공보다 좋다고 절대로 생각하지 않는다. 나에게는 아주 자그마한 성공이면 족하다. 영광스런 실패는 아무것도 얻을 수 없다. 작은 성공은 언제나 사소하지 않은 성공으로 이끌어갈 수 있는 가능성을 지니고 있다.

이제 하루에 주어진 24시간의 예산을 검토하기 시작하라. 당신은 하루가 이미 넘칠 정도로 가득 차 있다고 말한다. 하지만 그렇지 않다.

당신은 정말 일하는 데 얼마나 많은 시간을 써버렸는가? 평균적으로 7시간? 그리고 실제로 잠자는 데 7시간을 썼는가? 넉넉잡아 2시간을 더해, 일하고 잠자는 데 16시간을 썼다고 하자. 그러면 나머지 8시간을 어떻게 보내는지를 설명해 보라.

3_5분 활용법

낭비하는 시간을 활용하라

버려지는 시간을 되찾아라

하루 24시간을 어떻게 보내느냐는 문제를 현실적으로 해결하기 위해 한 사람을 예로 들어보자.

물론 이 사람이 평균적인 경우는 아니다. 사람마다 제각각 생활 방식이 다르고, 처해 있는 환경 또한 다르기 때문이다.

예컨대 런던에 사는 한 비즈니스맨이 있다고 하자. 그는 사무실에서 아침 10시부터 저녁 6시까지 근무한다. 그리고 출퇴근하는 데 모두 50분을 쓴다. 그 정도면 그가 현실적으로 평균적인 직장인에 가깝다고 생각한다.

물론 이 사람보다 더 오랫동안 일해야 하는 사람들도 있다.

그러나 반대로 그렇게 오래 일할 필요가 없는 사람

들도 있다.

여기서 이 사람이 얼마나 돈을 많이 버느냐는 중요한 문제가 아니다. 적어도 얼마나 많은 시간을 가지고 있느냐는 관점에서는 시간당 급여가 계산되는 아르바이트 학생이라 할지라도 초호화 저택에 사는 백만장자만큼 부자이기 때문이다.

그런데 이 비즈니스맨은 하루의 시간을 관리하면서 엄청난 실수를 저지르고 있다. 그는 에너지와 예산의 무려 3분의 2를 낭비하고 있기 때문이다. 사실 대다수의 직장인들이 자신의 업무에 열정을 느끼지 않는 게 분명하다.

열정은커녕 그나마 일을 싫어하지 않으면 다행이다. 마지못해 늦게 일을 시작해서 될 수 있는 한 빨리 일을 끝마치려고 한다.

그가 일에 몰두해 있는 동안 업무 의욕은 좀처럼 최

고점에 도달하지 않는다. 일하는 동안 즐거움이 없기 때문이다.

이 대목에서 나는 도시 근로자를 매도한 데 대해 화가 난 독자에게 지적을 받을지도 모른다. 그러나 나는 도시 생활에 대해 꽤 자세히 알고 있다고 자부한다. 그래서 내가 말한 것을 고집할 것이다.

이 사람은 오전 10시부터 오후 6시까지를 '하루'로 간주한다고 주장할 것이다.

그에게는 그 8시간 앞의 10시간과 이후의 6시간은 단순한 프롤로그와 에필로그처럼 형식적인 시간에 불과하다.

그는 무의식중에 나머지 16시간에 대해서는 무관심한 태도를 가지고 있다.

그 16시간은 그의 시간 관리 장부에서는 버려지지도, 계산되지도 않는 무의미한 시간일지도 모른다.

그는 단순히 그 시간들을 남아도는 자투리 시간 정도로 여긴다.

이런 태도는 정말로 비논리적이고 올바르지 못하다. 그런 생각은 여가 시간이 형식적으로만 중요하다는 걸 뜻한다.

그는 이 16시간에 대한 그의 생각은 '그냥 지내는 시간'이나 '도움이 되는 시간' 정도다.

하루 속의 하루를 만들어라

그가 생각하는 것처럼 이 16시간을 완전히 무시할
수 있겠는가? 그러고도 그가 제대로 잘 생활하기를
바랄 수 있겠는가? 그는 그럴 수 없다.

만약 하루를 충실하게 생활하고 싶다면 그는 마음
속으로 하루 안에서 또 다른 하루를 꾸려가야만 한
다. 마치 상자 속에 들어 있는 또 다른 상자처럼 이
하루 속의 하루를 만들어야 한다. 그 또 다른 하루
는 오후 6시에 시작돼 오전 10시에 끝나는 16시간
의 하루다.

이 16시간 동안 그는 그의 몸과 마음을 가다듬는 일
말고는 아무것도 할 필요가 없다.

그 시간 동안 그는 자유롭기 때문이다. 이 시간 동
안은 월급을 받기 위해 일하지 않아도 된다. 돈 관

리 걱정에 열중할 필요도 없다. 그는 직접 일하지 않아도 돈을 벌 수 있는 한가로운 사람이나 다름없다. 바로 이런 태도로 16시간을 보내야 한다. 그의 태도는 아주 중요하다.

그가 인생에서 성공하는 것은 그런 태도에 달려 있기 때문이다. 그 태도는 그의 대리인이 세금을 내야 할 만큼 많은 부동산을 가지고 있는 것보다 훨씬 더 중요하다.

정신은 지치지 않는다

당신은 그 16시간을 충실하게 보내는 것이 8시간의
업무 능률을 떨어뜨릴 것이라고 말할지도 모른다.
하지만 절대 그렇지 않다.

오히려 충실하게 보낸 16시간이 8시간 동안 이루어
지는 업무 능률을 더 확실하게 높여줄 것이다.

16시간 동안의 정신적인 노동은 지속적으로 고된
육체적인 노동을 감당할 수 있다는 것을 깨달아야
한다. 정신적인 능력은 팔 다리처럼 지치지 않기 때
문이다.

정신적인 능력이 필요로 하는 것은 휴식이 아니라
변화다. 물론 잠은 자야 한다. 그래서 잠자는 것을 제
외하고는 정신력을 보강하기 위해 쉴 필요가 없다.

나는 지금부터 오직 그의 것인 16시간을 어떻게 사

용하는지를 알아볼 것이다.

그가 아침에 잠자리에서 일어난 후, 그가 하는 일과 해서는 안 된다고 생각하는 일을 지적할 것이다.

우선 숲속에 공간을 만들어 밭을 일구듯, 16시간을 경작해 보자. 싹을 틔우는 일은 나중에 차차 하더라도.

무심히 지나치는 5분을 잡아라

그는 오전 9시 10분에 집을 떠나기 전에 거의 시간을 낭비하지 않을 것이다.

대다수 사람들처럼 그 역시 오전 9시에 일어나 9시 7분에서 9시 9분 30초 사이에 아침 식사를 한 다음, 밖으로 나간다. 그러나 그가 현관문을 닫고 나오면서 곧바로 그의 정신적 능력은 나태해진다. 정신력이 지친 것처럼 말이다.(사실 지칠 이유가 없는데도) 그는 거의 혼미한 상태로 전철역까지 걸어간다. 역에 도착한 후 그는 평상시처럼 전철을 기다려야만 한다.

우리는 수많은 전철역에서 매일 아침 사람들이 그처럼 플랫폼에 말없이 서 있는 것을 볼 수 있다. 아무것도 하지 않는 동안 귀중한 시간은 여지없이 흘

러간다. 시간은 돈보다 훨씬 값진 것인데 말이다. 거의 매일 아침 수십만 시간이 전철역에서 소실되고 있다.

그는 시간에 대해 그다지 중요하게 생각하지 않는다. 시간이 낭비되는 위험에 대한 간단한 예방책도 가지고 있지 않다.

그런 일에는 무관심하기 때문이다. 그는 날마다 사용할 시간에 대해 돈으로 받는다고 할 수 있다. 그는 그 돈을 잔돈으로 바꾸면서 철도 회사가 시간당 수수료를 떼는 데도 아무 불만이 없다.

만약 철도 회사가 그에게 표를 팔면서 "우리는 당신에게 승차권을 줄 것입니다. 그렇게 하기 위해 당신은 수수료를 내야 합니다"라고 말한다면, 그는 "그런 법이 어디 있습니까?"라며 큰소리로 항의할 것이다.

철도 회사가 그에게서 매일 두 차례 5분씩 빼앗아
가는 시간은 어떻게 할 것인가?

당신은 내가 너무 사소한 문제에 집착한다고 말할
것이다. 그렇다면 나중에 내 얘기가 맞다는 걸 보여
주겠다. 자, 지금 신문을 들고 전철에 올라타 보자.

4_퇴근 후, 할 일은 많다

잠들기 전 하루를 정리하라

여유로운 시간의 부자가 되어라

당신은 신문을 들고 전철에 올라탄다. 그리고 조용히 신문 읽기에 몰두할 것이다. 결코 서두르지 않는다. 당신은 앞으로 최소한 30분에서 1시간을 누구에게도 간섭받지 않고, 조용하게 보낼 것을 알고 있다. 신문 1면에 나온 영화 프로나 광고들을 언뜻 보고 빈둥거리며 우물쭈물하고 있을 것이다. 당신의 태도는 마치 하루가 24시간이 아니라 124시간이라도 되는 것처럼 여유롭다. 어찌 보면 이름 모를 행성에서 온, 시간이 아주 많은 부자의 태도 같다.

내가 아침 전철 안에서 신문을 읽는 것에 반대한다고 말하면 신문에 대한 편견으로 고발당할 수도 있다. 그래서 사실 나는 개인적으로 여러 가지 매체의 신문을 읽고 있다는 것을 밝히고 싶다. 나는 열렬한 신문 독자다. 다섯 개의 영자 신문과 두 개의 프랑스 일간지를 읽는다. 물론 내가 얼마나 많은 주간지와 정기 간행물을 읽는지는 이것을 판매하는 업자들만이 알고 있겠지만.

신문은 빨리 읽히기 위해서 신속하게 생산된다. 하지만 내가 계획한 하루 24시간 중 어디에도 신문을 위한 시간은 따로 없다.

나는 그저 시간이 나면 신문을 읽을 뿐이다. 그러나 한번 읽을 땐 꼼꼼히 읽는다. 하지만 30~40분 연속 신문을 읽는다는 것은 나에겐 못마땅한 일이다. 사실 침묵하며 자신만의 세계에 완전히 몰두할 수 있는 곳은 전철만한 곳도 없다.

나는 도저히 당신이 값을 매길 수 없는 진주 같은 시간을 낭비하는 것을 두고 볼 수가 없다. 당신은 시간의 제국을 다스리는 황제가 아니다.

당신에게 나보다 많은 어떤 시간도 없다는 것을 정중하게 일깨워주고 싶다.

전철 안에서는 어떤 신문도 읽지 말라! 나는 이미 45분을 다른 충실한 일에 사용하기 위해 따로 떼어놓았다.

지금 당신은 사무실에 도착했다. 그리고 나는 당신이 그곳에서 오후 6시까지 어떻게 일을 하는지는 신경 쓰지 않겠다.

나는 당신이 낮에 보통 1시간의 휴식 시간을 갖고 있다고 생각한다. 현실적으로는 1시간 반일 수도 있다. 최소한 그 시간의 반은 식사하는 데 쓰일 것이다. 그러나 나는 그 모든 시간을 당신이 선택하는 것에 따라 쓰도록 남겨줄 것이다. 그때 신문을 읽고 싶으면 읽어도 좋을 것 같다.

잠들기 전 40분을 유용하게 활용하라

일을 마치고 오후 6시, 당신은 퇴근을 한다. 당신의 얼굴은 피곤해 보인다. 집에 돌아오면 당신 아내는 당신이 지쳐보인다고 말할 것이고, 당신은 당신이 얼마나 피곤한지를 그녀가 이해해 주기를 바랄 것이다.

집으로 오는 동안 당신은 피곤한 감각을 점차 만들어내고 있었다.

그런 피곤한 느낌은 겨울의 두텁고 우울한 구름처럼 런던 근교의 대도시에서 더욱 무거워진다. 당신은 집에 도착하자마자 바로 식사를 할 수 없을 정도로 지쳐 있다.

1시간 후쯤 식탁에 앉아서 조금이나마 식사를 할 수 있을 만큼 회복됐다고 느꼈을 때, 식사를 한다. 그

다음 친구들을 만나기도 하고, 카드 놀이를 하거나, 책을 뒤적거리기도 한다. 그러다 보면 틀림없이 11시 15분쯤 될 것이다. 그때서야 당신은 '이젠 잠자리에 들어야 한다'고 생각하면서 무려 40분을 허비할 것이다. 그리고 위스키를 마시는 게 좋겠다고 생각할 수 있다.

결국 당신은 하루 일과에 지쳐 침대로 갈 것이다. 당신이 사무실을 나선 후, 6시간 이상의 시간이 마치 꿈처럼 지나가고, 마술처럼 사라졌다. 어떻게 써 버렸는지를 설명할 수도 없이 그냥 지나가 버렸다. 다들 그렇게 살고 있다.

당신은 나에게 "당신 얘기가 딱 맞다. 그런데 나는 지쳤다. 지친 상태에서 친구도 만나야 하고, 여가도 보내야 한다. 업무를 마치고 나서도 언제나 긴장하고 있을 수는 없지 않은가?"라고 말할 것이다.

그러나 당신이 퇴근 후, 마음에 드는 사람과 함께 영화관에 가기로 마음먹었을 때는 어떻게 될까? 아마 당신은 멋진 옷을 입고 뽐내는 데 시간을 아끼지 않을 것이다.

당신은 전철을 타고 다시 도시로 돌진한다. 그리고 4시간 아니면 5시간 동안 자신을 긴장 상태로 놔둔다. 피로는 모두 잊어버린다.

그리고 저녁 시간은 아주 길게, 또는 아마 너무 짧게 느껴질 것이다.

당신이 3개월 동안 이틀에 한 번씩 밤마다 아마추어 오페라 모임의 합창단에서 노래를 부르고 봉사하는 데 저녁 시간을 썼다면, 그 시간을 기억할 것이다.

당신이 고대하던 명확한 무엇인가를 가졌을 때, 당신의 에너지를 모두 쏟아부을 만한 무엇인가가 있

을 때, 그 무엇인가가 하루 종일 빛을 발하고 당신
에게 더욱 강렬한 생명력을 줄 것이다.

일주일에 270분의 저녁 시간을 확보하라

내가 제안하는 것은 오후 6시에 당신의 얼굴 상태를 보고, 당신이 피곤하지 않다는 것을 인정하라는 것이다. 솔직히 당신은 당신이 피곤하지 않다는 것을 잘 알고 있다. 그 저녁 시간이 식사에 의해 분리되지 않도록 관리하라는 것이다. 그렇게 함으로써 당신은 적어도 3시간의 넉넉한 시간을 얻게 될 것이다.

나는 당신이 정신적인 에너지를 다 써버리면서 매일 밤 3시간씩 사용할 것을 제안하는 것은 아니다. 그러나 나는 당신이 제법 중요하고 지속적인 정신 세계를 가꾸기 위해 이틀에 하루, 저녁 시간의 90분을 사용했으면 한다.

그리고도 당신에겐 여전히 두 번의 저녁이 남아 있

다. 그 시간을 이용해 친구를 만나거나 운동을 하거나, 독서를 하거나 여가 시간을 즐기면 된다.

당신은 토요일 오후 2시부터 월요일 오전 10시까지 44시간의 넉넉한 시간을 가지고 있다. 그 시간에 충분히 쉴 수 있다. 만일 당신이 조금 더 노력하면, 정신 세계를 가꾸는 재미에 세 번이 아니라 네 번의 저녁, 아니 다섯 번의 저녁을 충실히 보내고 싶어할 것이다. 그리고 당신은 밤 11시 15분에 당신 스스로 잠자리에 들까 말까를 생각하며 고민하는 습관에서 빠져나올 수 있다.

침실 문을 열기 전에 40분 동안 잠자리에 드는 것을 시작하는 사람은 지루할 것이다. 다시 말해, 그는 살고 있지 않다. 그러므로 일주일에 270분(세 번의 저녁 90분)이 틀림없이 가장 중요한 시간임을 기억하라.

5_쉴 때 쉬고
일할 때 일하라

잘 노는 사람이 일도 잘하는 법이다

일주일 중 하루는 하고 싶은 일에 써라

토요일 오후 2시부터 회사 일에 복귀하는 월요일 오전 10시까지 무려 44시간의 기나긴 시간이 있다. 여기에서 나는 일주일이 6일로 구성되어 있는지, 아니면 7일로 구성되어 있는지를 짚고 넘어가야 한다. 나는 지금까지 일주일이 7일로 구성되어 있다고 생각해 왔다.

나는 그동안 연륜 있고 현명한 사람들로부터 일주일에 7일보다는 하루의 휴일을 뺀 6일 동안 더 많은 일을 하고 더욱 진지하게 생활할 수 있다고 들어왔다. 사실 나 역시 계획에 따라 시간을 사용하지 않고, 7일 중 하루를 빼내 하고 싶은 일을 한다. 그래서 나는 매주 하루의 휴일이 있음을 잘 안다.

나는 다시 한번 내 생활을 정돈해야 하겠지만, 그동

안 해온 것처럼 똑같이 살아갈 것이다. 오랫동안 7일을 충실하게 살았던 사람들만이 그 중에서 얻을 수 있는 하루의 휴일에 감사할 수 있기 때문이다.

나는 과거에 연륜 있는 사람들이 그랬던 것처럼 일주일을 6일로 생각하라고 말하고 싶다.

넘치는 젊음과 샘솟는 에너지로 열심히 살려고 노력하고자 하는 사람들에게 나는 주저하지 않고 하루하루를 충실하게 보내라고 말하고 싶다. 또 업무 외에 무엇인가를 충실하게 하려고 한다면, 일주일을 6일로 한정하라고 말하고 싶다. 만일 그것을 확장하고 싶으면 확장해라. 그러나 단지 당신이 원하는 만큼만 확장해라.

대신 하루의 휴일을 규칙적인 수입이 아니라 예기치 않은 하사품으로, 여분의 시간으로 계산하라.

지금 우리가 어디에 서 있는지 보자. 지금까지 우리

는 최소한 일주일에 30분씩 여섯 번의 아침과, 90분씩 세 번의 저녁을 낭비하지 않고 모아두었다. 이를 모두 합하면, 매주 7시간 반이나 된다. 나는 그 7시간 반에 일단 만족할 것을 제안한다.

당신은 "당신은 우리에게 사는 방법을 보여주려고 한다. 그리고 당신이 단지 168시간의 일주일 중 고작 7시간 반을 다루려고 한다. 당신은 7시간 반으로 기적을 일으키려고 하는가?"라고 말할지도 모른다. 나는 그럴 수만 있으면 그렇게 하고 싶다. 나는 당신에게 완전히 기적 같은 경험을 시도할 것을 부탁하고 싶다. 사실 그것은 기적이 아니라 자연스러운 일이다.

정신적 에너지를 쏟아라

그 7시간 반을 완벽하게 사용하는 것이 한 주 전체의 생활을 빠르고 열정적으로 만들고, 그 결과 당신에게 따분한 직장 생활에 흥미를 줄 것이다. 이것이 내가 하고 싶은 얘기다.

당신은 아침저녁으로 단 10분 동안 운동을 한다. 하지만 그 10분의 운동이 육체적 건강과 힘에 매일 조금씩 유익한 영향을 준다는 사실을 너무나 잘 알고 있지 않은가?

언젠가 당신의 전체적인 신체의 건강은 바뀌게 된다. 그래서 하루에 평균 1시간 이상 정신을 단련한 것이 정신 전체의 활동을 활기 있게 만든다는 사실은 놀라운 사실이 아니다.

정신 세계를 스스로 가꾸는 데 더 많은 시간을 투자

해야 한다. 정신 세계를 가꾸는 데 투자한 시간이 길면 길수록 결과는 더 좋을 것이다.

그러나 나는 사소한 노력처럼 보이는 작은 일부터 시작하라고 제안하고 싶다. 하지만 그것은 결코 사소한 노력이 아니다. 작은 노력이라도 이미 시도한 사람들은 발견하게 될 것이다.

정글을 단 7시간 반으로 깨끗하게 개척하는 것은 아주 어려운 일이다. 왜냐하면 그러는 과정에서 희생이 따라야 하기 때문이다.

잘못된 습관부터 바꿔라

그동안 우리는 시간을 잘못 사용해 왔는지도 모른다. 그러나 시간을 사용한 것만은 분명하다. 그것이 아무리 무분별했을지라도 습관처럼 그 시간으로 무엇인가를 했기 때문이다.

전에 하지 않던 다른 무엇을 하는 것은 습관이 바뀐다는 것을 뜻한다.

습관은 바꾸기가 매우 힘들다. 게다가 어떤 변화도, 심지어 호전되는 것도 항상 장애와 불편이 따르게 마련이다.

만일 당신이 정말 지속적인 노력으로 매주 7시간 반에 정신을 몰두하면서, 예전의 생활을 계속할 수 있을 것이라고 생각한다면 오산이다.

나는 적지 않은 희생과 엄청난 의지가 필요하다는

것을 거듭 강조하고 싶다. 그리고 매우 겸손하고 소
박하게 시작하라고 충고한다.

나는 시작하는 데 따르는 어려움을 잘 알고 있다.
그런 과정에서 실패한 결과가 얼마나 상처를 주는
지도 잘 알고 있기 때문이다.

무엇보다도 자존심을 다치지 않도록 주의해야 한
다. 자존심은 모든 목적의 근원이다. 그리고 자신이
세운 계획에서 실패하는 것은 자존심에 치명적인
상처를 입히는 것이다.

그러므로 나는 되풀이해서 절대로 허세를 부리지
말고 조용히 시작하라고 강조하고 싶다. 당신이 충
실하게 3개월 동안 일주일에 7시간 반을 정신적 생
명력을 가꾸는 데 활용했을 때, 그런 다음 당신은
더 큰소리로 노래하고 어떤 불가능한 것도 할 수 있
을 것이라고 말하게 될 것이다.

일주일에 7시간 반을 사용하는 방법을 알기 전에 나는 마지막 제안을 하려고 한다. 저녁에 90분을 공부하는 데 쓰려면, 그 이상의 시간적 여유를 가져야 한다.

갑자기 무슨 일이 생길 수도 있고, 특히 인간의 마음이 나약하다는 것을 잊지 마라. 따라서 저녁에 90분을 공부하려면, 9시부터 11시 30분까지 2시간 반의 넉넉한 시간을 확보해 두어야 한다.

6_ 생각을 바꾸면
행동이 달라진다

아침 시간을 집중적으로 공략하라

자신의 마음부터 다스려라

사람들은 "누구도 자신의 마음을 통제하기 힘들다"
고 말하곤 한다. 그러나 누구든지 마음을 통제할 수
있다. 생각하는 기계(뇌)를 통제하는 것은 가능한
일이다. 그리고 우리에게 일어나는 어떤 것도 우리
의 뇌 밖에 있지 않다.

우리를 해치거나 우리에게 즐거움을 주는 모든 것
은 뇌 속에서 일어나기 때문이다. 그 신비로운 뇌에
서 계속 진행되는 것을 제어할 수 있다는 것은 중요
하다. 그건 우리 인간만이 가진 특권이다.

우리가 우리 뇌를 통제할 수 있다는 생각은 아주 당
연한 것이다. 그러나 대부분의 사람들은 이 상식적
인 생각을 실현하지 못한 채 살다가 죽는다.

자신의 마음을 다스릴 수 있다는 상식은 그만큼 심

오하고 요긴한 진리다.

사람들은 집중력이 부족하다고 불평한다. 자신이 선택하기만 하면 그런 집중력을 얻을 수도 있다는 걸 알지 못한 채 말이다. 그리고 집중력 없이는, 다시 말해 어떤 작업을 하도록 뇌에 지시하고 확실하게 복종하도록 하는 힘이 없으면, 진실하고 충실한 생활은 불가능하다.

마음을 통제하는 것은 완전한 존재가 되는 첫 번째 요소다. 그러므로 나에게는 하루 24시간을 충실하게 사용하기 위한 첫 번째 과제가 마음을 제 궤도에 올려놓는 것이다.

당신은 늘 당신의 몸을 안팎으로 돌본다. 당신은 누군가 당신의 머리카락 한올이라도 뽑으려 하면 가만 있지 않을 것이다.

그런데 당신은 왜 훨씬 더 정교한 마음의 기계(정

신)에 조금도 주의를 기울이지 않는가? 당신은 어떤 누구의 도움도 필요로 하지 않고 스스로를 보호하고 다스릴 수 있는데 말이다.

마음을 한 가지 주제에 집중시켜라

당신은 아침에 집에서 나오는 순간부터 사무실에 도착하는 순간까지 시간을 확보해 두고 두뇌를 다스리는 데 써야 한다. 그러면 당신은 이렇게 불평할지도 모른다.

"뭐라구요? 붐비는 거리에서, 전철역 플랫폼에서, 내 정신 세계를 가꾸라고요?"

이보다 간단한 것은 없다. 어떤 도구도 필요하지 않다. 심지어 책도 필요 없다. 그럼에도 불구하고 정신력을 집중하는 것은 쉽지 않다. 우선 집을 나설때, 마음을 한 가지 주제에 집중시켜라. 무엇으로 시작하든 상관없다.

현관을 나서서 몇 발자국도 가기 전에 당신이 처음 집중하려고 했던 것은 당신의 뇌리에서 사라지고 말 것이다.

다른 주제가 뇌의 구석구석을 방황하고 있을 것이다. 그런 주제는 뒤로 밀어놓아라. 당신이 전철역에 도착하기까지 그런 주제를 40번쯤 뒤로 밀어놓아야 할지도 모른다.

그렇다고 절망하지는 마라. 계속해라. 그 한 가지 주제를 유지해라. 그러면 당신은 성공할 것이다. 만일 당신이 스스로를 통제할 수 있다고 믿으면 당신은 절대로 실패하지 않는다.

당신의 마음이 집중될 수 없다고 가정하는 것은 잘못된 생각이다.

당신은 심사숙고해서 대답해야 할 불안한 편지를 받은 아침을 기억하고 있지 않은가? 사무실에 도착할 때까지 1분도 쉴 틈이 없이 대답의 주제를 놓고 마음을 굳건하게 지키지 않았는가? 그래서 당신은 사무실 책상에 앉자마자 답장을 쓰지 않았는가? 그것은 당신이 마치 폭군처럼 당신의 마음을 지배할 수 있었기에 가능했던 것이다. 답장을 적당히 써서는 안 된다고 생각했기에 그 일을 해낼 수 있었다.

집중하기 위해 규칙적으로 연습하면 하루 종일 어디에서나 마음을 다스릴 수 있다.

그렇게 하는 데는 어떤 비결도 없다. 비결이 있다면 그건 인내심뿐이다. 사실 집중력을 키우는 것이 전부는 아니지만.

매일 아침, 집중력을 키워라

훈련이란 매우 쉽게 할 수 있는 것이다. 만일 당신이 아침 출근 전철에 오르면서 공부하기 위해 10권짜리 백과사전을 가지고 타거나, 근육을 키우기 위해 아령 한 쌍을 들고 탄다면 사람들이 당신을 이상하게 쳐다볼 것이다.

그러나 거리를 걸으면서, 전철 안에서 손잡이를 잡고서, 또는 객실 한쪽에 앉아서, 당신이 가장 중요한 일에 몰두하고 있다고 누가 뭐라고 하겠는가? 누가 당신을 비웃을 수 있겠는가?

나는 당신이 무언가에 집중하고 있다면 그것이 어떤 것이든 상관없다고 생각한다. 중요한 것은 생각하는 기계를 계속 훈련시키는 것이다.

그러나 당신은 일석이조의 효과를 얻는 편이 좋다.

이왕이면 유용한 무엇인가에 집중하는 편이 좋다.
나는 마르쿠스 아우렐리우스나 에픽테토스의 글을
볼 것을 제안한다.

단지 제안일 뿐이다. 하지만 그들의 이름을 너무 어
렵게 생각하지는 말기 바란다.

나는 그들이 쓴 책만큼 당신과 같은 평범한 사람의
일상 생활에 적용할 만한 명백한 상식으로 가득 찬
책은 본 적이 없다.

나는 비상식적이거나 현학적인 책은 별로 안 좋아
한다. 1장이라도 한번 읽어보아라. 아주 짧은 글이
다. 밤에 읽고 나서 다음날 아침에 그것에 집중해
보라. 그러면 알게 될 것이다.

당신이 사실을 위장하는 것은 소용없다. 나는 마치
전화 수화기를 귀에 대고 듣는 것처럼 당신의 뇌에
서 나오는 소리를 들을 수 있다. 당신은 당신 자신

에게 말하고 있다.

"이 작가는 제7장까지는 꽤 잘 썼다. 희미하게나마 나에게 흥미를 일으키기 시작했다. 그러나 전철 안에서 무엇에 집중해서 생각하라고 말하는 것은 나와는 무관하다. 그것은 다른 사람에겐 유용할지 모르지만 나에겐 그렇지 않다."

아니다. 그것은 당신을 위한 것이라고 나는 거듭 강조한다.

당신은 내가 주목하는 바로 그 사람이다. 집중력을 키워야 한다는 이 제안을 받아들이지 않으면, 그동안 내가 제안했던 그 어떤 충고보다도 귀중한 제안을 던져버리는 것이다.

그것은 비단 나의 제안만이 아니다. 그동안 세상을 살았던 가장 분별 있고, 실용적이고, 빈틈이 없는 사람들의 제안이다.

나는 단지 그것을 당신에게 전달해 주는 것뿐이다.

한번 시도해 보아라.

당신의 마음을 수중에 넣어라. 그렇게 하면 당신의 생활을 고달프게 하는 악을 반쯤은 퇴치할 수 있을 것이다. 그리고 충실하게 살지 못하고 있다는 자책감에서 벗어날 수 있을 것이다.

너 자신을 알라

최소한 하루에 30분 만이라도 정신을 집중하는 훈
련은 피아노의 음계를 외우는 것만큼이나 기본적인
준비다.

이제 자신의 복잡한 조직 중에서 가장 지배하기 힘
든 정신(뇌)을 지배할 수 있게 됐다면, 이제 그 지배
력을 자연스럽게 행사하면 된다.

순종적인 두뇌를 가지고 있더라도 두뇌를 복종시켜
확실한 무엇인가를 해낼 수 있지 못하면 아무 소용
이 없다. 그러기 위해서는 아주 오랜 기초 과정이
필요하다. 이 과정이 어떤 것인지에 대해서는 이론
의 여지가 없다.

그것은 문학도 아니고 다른 어떤 예술도 아니다.
역사나 어떤 과학도 아니다. 그것은 자신에 관한

연구다. 모든 시대의 분별 있는 사람들은 그것에 동의했다.

"너 자신을 알라!"

이 말은 글로 옮기기에 부끄러울 정도로 지극히 평범한 것이다. 그래도 이 말을 써야만 할 것 같다. 왜냐하면 써야만 알릴 수 있기 때문이다. 나는 그것이 부끄러워 또다시 얼굴이 붉어진다.

"너 자신을 알라!"

나는 다시 큰 소리로 말한다. 이 말은 모든 사람들에게 친숙한 말이며, 모두들 이 말의 가치를 인정한다. 그러나 가장 현명한 사람들만이 이 말을 실천에 옮긴다. 하지만 그 이유는 알지 못한다.

나는 오늘을 사는 선량한 사람들의 인생에서 그 무엇보다 부족한 것이 '반성하는 태도' 라고 확신한다.

돌이켜 반성하라

우리는 좀처럼 반성을 하지 않는다. 특히 정말로 중
요한 일들은 반성하지 않는다. 행복에 관해서도, 우
리의 삶이 어디를 향해 가고 있는지에 대해서도, 생
활이 우리에게 무엇을 주고 있는지에 관해서도, 왜
우리가 이렇게 행동할 수밖에 없는지에 대해서도,
또 우리의 원칙과 행동의 관계에 대해서도 우리는
돌이켜 생각하지 않는다.

그러면서도 당신은 끊임없이 행복을 좇아다니고 있
다. 그렇지 않은가? 그래서 당신은 행복을 발견했
는가? 아마 행복을 발견하지 못했을 것이다. 당신
은 행복에 도달할 수 없다고 이미 단념했는지도 모
른다.

그러나 행복을 얻은 사람들도 있다. 그들은 행복이

육체적이거나 정신적인 쾌락을 얻는 것이 아니라, 어떤 이론을 발전시키거나 원리를 실행하고 조정하는 지적 활동에서 솟아나는 것임을 깨달았기 때문에 행복을 얻은 것이다.

나는 당신이 이것을 부정할 만큼 대담하지는 않을 것이라고 생각한다.

그리고 당신이 그것을 인정하고, 당신의 이론과 원리를 수행한 것에 대한 반성의 시간을 사용하기를 바란다. 만일 자기반성에 하루의 어떤 부분도 할애하지 않는다면, 당신이 아무리 노력해도 행복을 얻는 데 필요한 행동들은 매번 하지 못한 채 남겨두게 될 것이다.

지금 내 얼굴이 붉어졌나? 아니면 당신이? 내가 당신에게 어떤 생활 신조를 강요할 것이라고 두려워하지 마라.

나는 여기서는 당신의 원칙이 무엇인지를 다루지 않을 것이다.

당신의 생활 신조들은 죄를 진 사람이 그만한 이유가 있었을 것이라고 당신을 설득할지도 모른다. 그렇다고 해도 문제는 되지 않는다.

다만 행동이 원칙을 충실하게 따르지 않는 생활은 잘못된 생활일 뿐이라는 것이다. 이것이 내가 주장하는 모든 것이다.

마음을 너그럽게 가져라

행동을 유발하지만 원칙과는 별 관계가 없는 경우, 그것은 우리 인생에서 우리가 생각하는 것보다 대수롭지 않은 것이다.

우리는 우리 자신이 합리적이라고 생각해 왔다. 그러나 합리적이기보다 훨씬 더 본능적이다. 그리고 반성하지 않으면 않을수록 더욱 불합리한 사람이 될 것이다.

만약 당신이 레스토랑에서 주문한 스테이크가 너무 익혀졌다고 종업원에게 화를 냈다고 하자. 그런 다음 마음속 깊은 곳에 들어가 그렇게 행동한 이유에 대해 물어보아라. 그리고 당신의 마음과 상담하라. 아마 당신의 마음은 종업원이 스테이크를 요리하지 않았고, 스테이크를 요리하도록 지시할 권한도 갖고 있지 않음을 당신에게 말해 줄 것이다. 설령 그 종업원 혼자서 비난받는 것이 당연하다 해도 당신이 그에게 화를 냄으로써 얻을 수 있는 좋은 것은 하나도 없다고 알려줄 것이다.

종업원에게 화를 내면서 당신은 근엄함을 잃었고, 다른 사람들 눈에는 안 좋게 보였을 것이다. 종업원에게 더 심하게 화를 냈다고 해서 이미 너무 익혀진 스테이크가 당장 달라지는 것도 아니다.

당신의 마음과 상담하고 반성한 다음에는 어떨까? 한번 더 스테이크가 너무 익혀졌더라도 당신은 종업원을 인격적으로 대할 것이고, 당신의 마음은 너그러움으로 아주 평온할 것이다. 그리고 공손하게 적당히 익힌 스테이크를 먹기를 요구할 것이다. 이를 통해 얻는 이득은 명백하다.

퇴근할 때, 책을 들고 가라

행동을 훈련하고 원리들을 만들거나 수정하기 위해 책에서 많은 도움을 얻을 수 있다.

나는 마지막 장에서 마르쿠스 아우렐리우스와 에픽테토스에 대해 언급할 것이다. 훨씬 더 널리 알려진 어떤 작품들이 기억에 떠오를 것이다.

나는 또한 파스칼, 라브뤼예르와 에머슨에 대해 언급할지도 모른다. 나는 마르쿠스 아우렐리우스의 작품을 가지고 여행한다.

물론 책들은 충분히 읽을 가치가 있다. 그러나 아무리 책을 읽더라도 최근에 실행한 일들을 일상적으로 솔직하고 정직하게 되돌아볼 줄 알아야 한다. 또 독서가 아무리 새롭고 놀라운 효과를 보여준다고 해도 자기 자신과 얼굴을 맞대고 꾸준히 지켜보는 것이 필요하다.

그러면 독서는 언제 하는 것이 좋은가? 내 생각에는 저녁에 집으로 가는 길이 적합한 것 같다. 이 시간에는 자연스럽게 성찰하는 태도로 바뀌어 자신을 돌아볼 수 있기 때문이다.

물론 기본적이고 매우 중요한 독서에 정신을 집중하는 대신에 신문을 읽고 싶다면 그렇게 하라. 어쨌든 하루에 조금이라도 시간을 내어 독서하는 습관을 길러야 한다.

자, 이제 퇴근 시간이 됐다!

7_ 예술은 거창한 것이 아니다

책과 음악을 가까이 해라

관심을 갖고 들어라

많은 사람들은 저녁 시간에 별다른 일을 하지 않으면서 그 시간을 무심히 흘려보낸다.

그들에게 아무 일도 하지 않고 저녁 시간을 보내는 것 말고 대안이 있다면, 그것은 문학에 관해 연구하는 일일 것이다. 그러나 문학을 연구하고 감상하는 것보다는 그냥 시간을 때우는 쪽을 택할 가능성이 높다. 이것은 정말 크나큰 실수다.

어떤 것이 됐든 활자로 된 책의 도움 없이 제대로 공부하는 것은 불가능하거나 가능하다고 해도 무척 어려운 일이다. 우리는 문학과 문학적이지 않은 주제를 다루고 있는 책을 구별해야만 한다.

나는 문학에 대해서는 나중에 다시 얘기하려고 한다. 조지 메러디스의 문학 작품을 지금까지 읽지 않았던 사람들과, 스티븐 필립스가 정말 진실한 시인인지 아닌지에 관한 토론에 아무 관심이 없는 사람들이 있다고 해도, 그것은 전적으로 그들의 권리다. 문학을 좋아하지 않을 수도 있다. 그것은 무능하거나 어리석은 것이 아니다.

문학에 대해 조예가 깊은 권위자는 "워즈워스가 테니슨에게 끼친 영향을 이해하거나, 그것에 대해 말할 수 없는 불행한 사람들은 즉결 처분해야 한다"고 말할지도 모른다. 그러나 그것은 단지 자만에 빠진 뻔뻔스러움일 뿐이다.

만일 차이코프스키의 감상적인 심포니가 어떤 영향력을 갖고 있는지를 설명해 달라고 하면 그들은 뭐라고 할까? 문학의 영역 밖에도 성대한 결과를 가져다줄 방대한 지식 분야가 있다. 음악도 바로 그런 것이다.

음악 감상을 취미로 삼아라

〈로엔그린〉 서곡의 부드러운 선율이 흐르고 당신은 조용히 음악을 감상한다. 그러나 당신은 피아노, 바이올린, 심지어 밴조도 연주할 수 없다. 당신은 음악에 대해 아무것도 아는 게 없다고 말한다. 하지만 그것이 무슨 문제가 되겠는가?

당신이 음악에 대한 감상력을 가지고 있다는 것은 다음과 같은 사실로 입증된다.

당신과 같은 사람들로 홀을 채우기 위해 지휘자는 좋지 못한 곡이 배제된 프로그램을 제공하지 않으면 안 된다는 것이다.

〈소녀의 기도〉를 피아노로 연주할 수 없다고 해서, 2개월 동안 일주일에 두 번 연주회에 가서 오케스트라가 어떻게 편성되는지에 익숙해지는 것을 막을 수는 없다.

사실, 당신은 어쩌면 오케스트라를 혼란스런 기분 좋은 소리를 생산하는 복잡한 악기들의 덩어리쯤으로 간주할지 모른다. 당신의 귀는 세부 사항을 듣도록 지금까지 훈련되지 않았기 때문에 상세한 것을 알지 못하는 것이다.

만일 당신이 베토벤 교향곡 제5번 〈운명〉의 처음 부분에 나오는 주요 테마를 연주한 악기의 이름이 무엇이냐는 질문을 받는다면 당신은 죽었다 깨어나도 그 악기들의 이름을 알 수 없을 것이다.

그래도 당신은 〈운명〉에 감탄한다. 그것은 당신을 흥분시켰고 계속해서 당신을 감동시킬 것이다.

그러나 당신이 〈운명〉에 관해 분명하게 진술할 수 있는 것은 베토벤이 그것을 작곡했다는 것과 그것이 '아름답고 멋진 곡'이라는 것이다.

만일 당신이 크레비엘의 「음악 감상법」을 읽었더라면, 당신은 음악에 대한 강렬한 관심에 스스로 놀라 야외 콘서트에 갈 것이다.

이 책은 알함브라 극장의 일등석 값과 비교도 안 되는 싼값에 어느 서점에서나 구입할 수 있다. 그 책 속엔 오케스트라가 어떤 악기들로 구성되어 있고, 그 배열이 어떻게 되었는지에 관해 잘 나와 있다.

이 책에는 오케스트라가 혼란스런 무리가 아니라 서로 다른 악기들이 신기할 정도로 조화를 이루는 조직이라는 것을 말해 줄 것이다.

당신은 악기들을 조사해 찾아낼 수 있을 것이다. 그리고 그들 각각의 소리에 귀를 기울여 들을 것이다.

또한 당신은 프랑스 호른과 영국 호른을 구분하는 기준을 알게 될 것이다.

그리고 오보에 연주자가 바이올린 연주자보다 더

많은 월급을 받는다는 사실과, 바이올린이 다루기
가 더 어려운 악기라는 것도 알게 될 것이다.

모든 예술은 즐기는 것이다

야외 콘서트에 가서도 빛나는 물건을 뚫어지게 쳐다보고 있는 어린아이처럼 기쁨에 넘쳐 흥분 상태에 빠졌었지만, 이젠 정말 제대로 시간을 보내고 있다는 생각을 하게 될 것이다. 음악에 관한 체계적인 지식의 토대가 만들어질지도 모른다.

당신은 독특한 형태의 음악(예컨대 심포니)이나 특별한 작곡가의 작품들에 관해 전문적인 질문을 하는 수준에까지 이를 수 있을지 모른다.

일주일에 세 번씩 밤마다 이를 공부해 쌓이는 지식으로 콘서트를 골라 보러가면, 비록 당신이 〈소녀의 기도〉를 피아노로 치지는 못해도 음악에 관해 무엇인가 확실히 알게 될 것이다.

"그러나 나는 음악을 싫어한다!"고 당신은 말한다.

나는 당신을 존중한다. 음악에 적용할 수 있는 것은 다른 예술에도 적용된다. 나는 클레어몬트 위트의 「그림을 감상하는 방법」이나 러셀 스터기스의 「건축을 평가하는 방법」을 언급할지도 모른다. 런던에는 다른 예술에 관한 체계적인 지식을 줄 수 있는 자료가 부지기수다.

"나는 모든 예술을 싫어한다!"고 당신은 말한다. 나는 더욱더 당신을 존중한다. 나는 문학에 다다르기 전에 다른 사례를 하나 더 다룰 것이다.

8_변화의 기회를 놓치지 마라

작은 것부터 변화시켜라

원인이 있으면 반드시 결과가 있다

예술은 분명 대단한 것이다. 그러나 예술이 가장 위
대한 것은 아니다. 우리가 무엇인가를 보고 알아차
리기 위해서 가장 중요한 것은 원인과 결과를 끊임
없이 따져보아야 한다.

이럴 경우 이렇게 된다는 보편성을 계속 발전시키
는 지적 능력이 필요하다. 다시 말해 사물이나 상황
이 변화하고 진화하는 과정을 지각하는 능력을 길
러야 한다는 얘기다.

'어떤 것도 원인 없이 일어나지 않는다' 는 절대 진리
를 머릿속에 철저하게 심어두면, 이해가 쉬워진다.

원인과 결과를 따져보며 연구하다 보면 사람들은
불합리한 태도를 버리게 된다.

불합리한 태도를 가진 사람들은 항상 예기치 않은

일에 맞닥뜨리면 충격을 받고 고통스러워한다. 그러나 원인과 결과를 잘 분석해 보면 이런 혼란에 빠지지 않을 수 있다.

인과관계를 잘 따질 줄 아는 사람들과는 달리, 그렇지 못한 사람들은 이상한 일을 당하게 되면 마치 무섭고 낯선 관습들로 가득한 낯선 땅에 와 있는 것처럼 느끼게 될 것이다. 그러나 성숙한 사람들이라면 이렇게 낯선 땅에서 이방인처럼 지내는 것을 부끄러워해야만 한다.

원인과 결과를 연구하면 삶의 고통을 줄이면서, 삶을 그림처럼 한눈에 볼 수 있게 된다. '변화'를 유명무실한 개념으로만 생각하는 사람은 바다를 그저 웅대하고, 지루한 광경으로 바라본다.

하지만 모든 것이 끊임없는 원인과 결과로 발전하고 있다고 생각하는 사람은 바다를 지질학적으로 분석한다. 바다를 그저께는 수증기였고, 어제는 끓고 있었고, 내일은 반드시 얼음이 되는 그런 물질로 인식한다. 그는 바다를 액체에서 고체로 되는 과정에 있는 무언가로 인식한다.

그는 생활 역시 엄청나게 변화무쌍한 그림을 보듯 감각적으로 이해한다. 이런 인과관계에 대한 연구를 끊임없이 다루는 것은 정말 큰 만족과 여유를 가져다줄 것이다.

인과관계를 밝혀내는 것이야말로 모든 과학의 목적이다. 원인과 결과는 어디에서나 발견되는 것이다. 세퍼드 부시가에서 갑자기 임대료가 올랐다고 해보자. 세퍼드 부시가에서 임대료가 올랐다는 사실은 충격적이고, 그 원인을 찾지 못하면 고통스럽기까지 하다.

이는 원인과 결과를 연구해 보면 쉽게 해결되는 문

제다. 2 더하기 2가 얼마인지 모르는 사람은 아무도 없다. 그만큼 쉬운 이치다.

2펜스짜리 전철 요금으로 교통비를 절약하려는 사람들이 역세권인 세퍼드 부시가에 몰려들면서 이곳의 주택 수요가 급증했다. 지나친 수요는 가격 상승을 초래한다. 정말 간단한 원리다.

세상 모든 일이 아무리 복잡하게 움직여도 그 원인과 결과를 따져보면 간단히 해결된다.

당신이 어쩌다 부동산 중개업자가 됐다고 가정해보자. 당신은 예술을 싫어한다. 그런데도 당신은 지적 능력을 향상시키고 싶어한다.

당신이 예술에 아무런 흥미를 느끼지 못하기 때문에 당신은 지적 능력을 향상시킬 수 없다고 할 수 있겠는가? 그렇지 않다. 예술 외에도 업무에서 지적 능력을 키울 수 있다.

삶의 엄청나고 변화무쌍한 그림 같은 원리는 신기
하게도 부동산 중개사무소에서 나타난다.

옥스퍼드 대로는 교통 체증이 심하다. 이를 피하기
위해 사람들은 전철로 출퇴근을 하기 시작했다. 그
리고 그 결과 세퍼드 부시가의 임대료가 상승한 것
으로 나타났다.

정말 눈에 보듯 명확하지 않은가? 이런 태도로 런
던의 재산 문제를 이틀에 한번씩 밤마다 1시간 반
동안 공부했다고 생각해 보라.

틀림없이 그 공부는 당신의 일에 열의를 갖도록 할
것이다. 아니면 당신의 생활 전체를 바꿔놓을지도
모른다.

호기심을 가져라

당신은 더 어려운 문제에 직면할 수도 있다.

런던에서 가장 긴 직선 도로는 길이가 약 1.5야드인데, 파리에서 가장 긴 직선 도로가 이보다 더 긴 이유는 무엇일까? 당신은 이것 역시 자연스런 인과관계로 설명할 수 있을 것이다.

내가 부동산 중개업자를 예로 든 것은 나의 이론이 맞다는 데 특별히 유리해서가 아니란 것을 이해하기 바란다.

당신이 은행원이라고 가정해 보라. 당신은 박진감 넘치는 로맨스인 월터 배젓의 「롬바드가」를 읽지 않았다.

나는 당신이 그 책을 읽기를 바란다. 이틀에 한번 저녁마다 90분간 이 책을 읽었다면, 당신의 업무가 얼마나 매혹적이게 될지 모른다. 그리고 당신은 인간의 본성을 더 명확하게 이해할 것이다.

당신은 왜 집 밖으로 나가지 않는가? 슬리퍼를 신고, 잠자리채를 들고 집에서 가장 가까운 가로등 아래로 가 보아라. 그 주위를 날아다니는 모기의 야생 생활을 관찰해 보라.

여기서 얻어지는 지식을 이것저것 모아 맞춰보고 그것을 체계적으로 분류하다 보면, 드디어 무엇인가에 대해 확실한 어떤 것을 알게 될 것이다.

충실하게 생활하기 위해 반드시 문학이나 예술에 전념할 필요는 없다. 모든 분야의 일상적 습관과 현장에서 어떤 것에든 호기심을 갖는 것이 중요하다. 그것이 인생이다. 무엇인가를 이해하는 마음을 가지면 호기심을 만족시킬 수 있다.

나는 당신의 경우처럼 예술과 문학을 싫어하는 사

람을 위해 조언을 해주기로 약속했고 그렇게 했다.

나는 지금 즐겁게 책을 읽는 사람에까지 이르렀다.

9_책 속에서
인생을 찾아라

매일 독서하는 습관을 길러라

문학 작품을 가까이 해라

소설은 진지하게 읽는 책이 아니다. 지적 능력을 좀
더 갖추기 위해 매주 세 번의 저녁 각 30분씩 총 90
분을 찰스 디킨스의 작품을 완전히 분석하는 데 쏟
기로 했다면, 계획을 바꾸는 것이 좋을 듯싶다.

물론 소설이 진지하지 않다는 것은 아니다. 동서고
금의 훌륭한 문학의 대부분은 소설 형태로 되어 있
다. 중요한 것은 나쁜 소설이 읽혀서는 안 된다는
것이다. 그리고 좋은 소설은 독자에게 탁월한 지적
능력을 강요하지 않는다.

조지 메러디스의 소설에서는 종종 어려운 대목이
나와 이해하기 힘든 경우가 있다.

좋은 소설은 돛단배를 타고 시내의 하류로 거침없
이 흘러가다 목적지에 도달하는 것처럼 술술 읽혀

야 한다. 그런 소설은 아무리 숨가쁘게 빠른 속도로 읽어도 당신의 정신을 지치게 하지 않는다. 최고의 소설이란 최소의 긴장감으로 읽을 수 있는 쉬운 소설이다.

지적 능력을 키우고 정신 세계를 가꾸기 위해서는 늘 긴장해야 하고, 어려움에 부딪치기도 하고, 그 어려움에서 벗어나려고 노력해야 한다.

하지만 소설을 읽으면서 그런 노력을 할 필요는 없다. 「안나카레니나」를 읽기 위해 이런 복잡한 감정을 갖지는 않을 것이다.

이와는 반대로 한참을 골똘히 생각해야 이해할 수 있는 어려운 시는 소설보다 훨씬 더 독자를 정신적으로 긴장시킨다.

시는 다른 어떤 문학 장르보다도 사람을 긴장시킨다. 그래서 시는 가장 수준 높은 문학의 형태라고 볼 수 있다.

시는 수준 높은 지적 즐거움을 가져다주고, 뛰어난
지혜를 가르쳐준다. 한 마디로 말하면, 시와 비교할
만한 것은 아무것도 없다.

하지만 애석하게도 대다수의 사람들은 시를 읽지
않는다. 만일 시를 읽지 않는 사람들에게 「실락원」
을 읽을 것인지, 아니면 지저분한 자루 같은 옷을
입고 대낮에 트라팔가광장을 엉금엉금 기어다닐 것
인지를 선택하라고 하면, 꽤 지적 능력을 가졌다는
사람들조차 공개적으로 비웃음을 당하는 후자 쪽을
선택할 것이다.

나는 전에도 그랬고, 앞으로도 계속 사람들에게 가
장 먼저 시를 읽어보라고 제안할 것이다. 만일 시가
도무지 알 수 없을 정도로 어려운 것이라면, 윌리엄
해즐릿의 「시의 일반적 본질」이란 유명한 에세이를

읽어보라고 추천하고 싶다.

아마 영문으로 된 시 에세이 가운데서는 가장 훌륭한 작품일 것이다.

이 에세이를 읽으면 시가 중세의 무시무시한 고문 도구나, 자동으로 발사되어 40보 거리 안의 사람을 모두 죽일 수 있는 총이나, 미쳐 날뛰는 짐승이라는 잘못된 생각은 들지 않을 것이다.

그의 에세이를 읽으면 누구나 식사하기 전에 잠깐 동안이라도 시를 읽고 싶어질 것이다.

만일 이 에세이가 당신에게 시를 읽도록 충동한다면, 나는 이야기 시를 먼저 읽어보라고 제안할 것이다. 영국 여성 작가가 쓴 작품으로 조지 엘리엇이나 브론테 자매의 작품은 물론이고, 심지어 제인 오스틴보다 훨씬 멋진 이야기 시들이 있다.

아마 아직 읽어보지 못했을 거라고 생각하지만, 그

중 대표적인 이야기 시는 〈오로라 리〉다. 브라우닝이 쓴 이 작품은 운문으로 되어 있는데, 정말 멋진 시이다.

한번 큰 마음 먹고 그 책을 통독하겠다고 결심해 보라. 하지만 〈오로라 리〉를 읽으면서 그것이 멋진 시란 사실을 너무 의식해선 안 된다. 그냥 사회에서 돌아가는 이야기를 듣듯 편안하게 읽어라. 그리고 다 읽은 다음, 아직도 시를 싫어하는지 자신에게 정직하게 물어보라.

나는 〈오로라 리〉를 읽고 나서도 계속 시를 싫어한다고 말하는 사람은 아직 보지 못했다.

물론 해즐릿이 「시의 일반적 본질」에서 말한 대로 시를 읽었는데도 시를 좋아하는 일이 불가능하다면, 당신은 역사책이나 철학책을 읽는 수밖에 없다. 안타깝지만 그래도 너무 슬퍼하지는 마라.

「로마제국쇠망사」와 「실낙원」은 같은 시대에 나온 작품은 아니지만, 우열을 가리기 힘들 만큼 둘 다 좋은 작품이다.

그리고 허버트 스펜서의 「제1원리」도 추천하고 싶다. 스펜서는 이 책에서 시에 필요한 요소는 웃어넘기고, 자기 책이 인간 정신으로 창조해 낸 가장 위엄 있는 것이라고 말한다.

나는 긴장하며 진지하게 책을 읽으려는 사람들에게 이런 책들을 읽으라고 권하고 싶지는 않다.

그러나 일반적으로 지적인 사람이라면, 1년간 지속적으로 독서를 하고 나서 역사 또는 철학의 최고 걸작을 공격하게 될 수 있다고 확신한다.

그런 걸작들은 놀랍게도 이해하기 쉽고 명쾌하기 때문이다.

나는 독서를 시작하는 당신에게 더 이상 어떤 특별

한 책을 제안하지 않으려고 한다. 지면이 부족해 어
차피 모든 책을 소개할 수도 없다. 그러나 나는 중
요한 것을 두 가지만 말하고 싶다.

깊이 있는 책읽기를 하라

우선 당신이 어떤 책을 선택해서 읽을 것인지에 대한 방향과 범위를 정해 두어야 한다.

특정한 시대, 특정한 주제나 한 명의 작가를 선택해라. 프랑스 혁명에 관한 것을 알고 싶다거나, 철도가 어떻게 만들어졌는지, 혹은 존 키츠의 작품을 집중 연구한다든지 하는 식으로 명확한 선택이 필요하다. 그런 다음 미리 시간을 정해 놓고 선택한 것에 집중해라. 어떤 한 분야에서 전문가가 된다는 것은 아주 즐거운 일이다.

두 번째 제안은 책을 읽지만 말고 다 읽은 후에 깊이 생각하라는 것이다. 나는 읽는 것만 계속 거듭하는 사람들을 많이 보아왔다. 그들은 마치 목숨을 유지하기 위해 빵을 잘라 먹듯 책을 읽는다.

어떤 사람은 술을 마시듯 독서에 몰두한다. 이렇게 책을 읽는 것은 차를 몰고 한 나라를 한번 훑어보고 돌아다니는 것과 같다. 이런 사람들은 자신이 1년에 얼마나 많은 책을 읽었는지를 우쭐대며 자랑하고 다닐 뿐이다.

처음엔 무척 따분하겠지만 책을 읽는 동안 적어도 45분 정도는 읽고 있는 내용을 아주 신중하게 음미해야 한다. 그래야 독서에 90분을 사용한 것이 헛되지 않을 것이다.

책을 읽을 때는 다른 생각은 하지 말고 어떤 목표도 잠시 잊어라. 여행을 하며 주변 풍경들을 보듯이 그냥 현재 읽고 있는 대목에 심취해 보아라. 언젠가는 당신이 언덕 위 아름다운 도시에 도착해 있음을 깨닫게 될 것이다.

10__내일의
계획을 세워라

하루하루 계획을 세워 실천해 나가라

많이 안다고 뽐내지 마라

나는 지금까지 하루하루를 무위도식하는 게 아니라
위대한 삶의 목표에 도달하기 위해 하루 24시간을
충실하게 사용하는 방법을 제시했다.

솔직히 내 얘기가 너무 딱딱하거나 다소 고루하지
는 않았는지 걱정된다. 불멸의 영혼(지성)으로 생활
에 대한 열정이 가득해지길 기다리는 동안 발생할
수 있는 위험에 대해 간략하게나마 언급하고 이 글
을 마무리해야 할 것 같다.

첫 번째 위험은 자칫 융통성 없고, 남에게 불쾌감을
줄 수 있는 사람이 될 수 있는 것이다.

여기서 융통성 없는 사람이란 자신만이 뛰어난 지
혜를 가지고 있다고 뽐내는 사람이다.

이처럼 자기가 많이 안다고 잘난 척하는 사람은 그

의 잘 차려입은 옷차림에서 가장 중요한 무엇인가
를 빠뜨린 채 그런 사실도 모르고 돌아다니는 바보
와 같다. 즉, 자신의 얼굴에 현학적인 표정만 있을
뿐, 유머 감각이 빠져 있다는 것을 모른 채 말이다.

잘난 척하고 융통성 없는 사람은 자신이 무엇인가
를 발견하면, 그것에 무척 감명을 받는다. 그러나
주위에서 그것에 감동하지 않으면 아주 실망하고
만다. 누구든지 자신도 모르게 이런 잘난 척하는 꼴
불견 같은 사람이 될 수 있다. 이건 아주 치명적인
일이다.

또 당신이 하루의 시간 예산을 균형 있게 관리하기
전에도 지구는 아무 일 없이 편안하게 돌았고, 당신
이 재무장관처럼 탁월한 방법으로 시간 예산을 관
리한다 해도, 지구는 계속 아무 탈 없이 돌아갈 것
임을 명심해야 한다.

그러니 자신이 시간을 잘 관리하고 있다고 남들에게 너무 자랑하고 다니지 마라. 다른 사람들이 날마다 많은 시간을 낭비하고 있어 그들의 삶은 진정한 삶이 아니라고 너무 놀라워하거나 안타까워할 필요도 없다. 그래봐야 결국 당신은 시간을 잘 관리하는 것이 자신이 할 수 있는 전부란 것을 깨달을 뿐이다.

무리한 계획에 끌려다니지 마라

또 다른 위험은 전차를 끄는 노예처럼 자신이 세운 정해진 계획에 묶이게 되는 위험이다. 한번 정해 놓은 계획에서 쉽게 벗어나지 못하는 것이다. 세워놓은 계획은 존중해야 하지만 우상처럼 숭배해서는 안 된다. 계획은 종교가 아니기 때문이다. 이것은 명백한 사실이다.

이런 사실을 인정하지 않아서 스스로에게 부담을 주고, 친구와 가족들에게 커다란 짐을 지우는 사람들이 많다.

그런 사람의 아내는 "아휴, 내 남편은 항상 아침 8시에 애완견을 데리고 운동하러 나가고, 9시 15분 전에는 어김없이 책을 읽기 시작해요. 우리가 함께 할 수 있는 일은 아무것도 없어요"라고 말한다. 이

렇게 하다간 부부 생활이 비극적인 결말로 치달을
수도 있다.

이와는 반대로 계획은 그저 계획으로 끝날 수 있다.
한번 세운 계획을 따르지 않으면 그 계획은 서투른
농담에 지나지 않는다.

계획을 세웠으면 제대로 잘 따르는 것이 바람직하
다. 하지만 계획에 지나치게 의존해서도 안 되고,
지나치게 무시해서도 안 된다. 이것은 미숙한 초보
자들에게는 결코 간단한 일이 아니다.

그 다음에 찾아올 수 있는 위험은 너무 급하게 발전
시키려고 하는 위험이다.

이런 조급함은 다음 일에 신경 쓰느라 정작 지금 하
고 있는 일에 집중하지 못하게 한다. 이렇게 되면
늘 갇혀 있는 것처럼 느낄 것이고, 그런 인생은 더
이상 자기 인생이 아니다.

반드시 아침 8시에 애완견을 데리고 산책하러 나가고, 어김없이 9시 15분 전에 책을 읽기 시작해야만 한다는 식으로 하루를 팽팽하게 계획했다고 하자. 이러면 항상 늦으면 안 된다는 부담감이 생긴다. 이런 경우엔 계획을 일시적으로 수정한다고 해도 근본적인 문제를 해결하지는 못한다.

문제는 한번 계획을 세웠다 하면 융통성 없이 고집하는 것이 아니라, 처음부터 너무 부담스러운 것을 시도하는 것이다. 그리고는 계획대로 다할 때가지 무리해서 준수하는 것이다.

이 문제를 해결하는 유일한 방법은 계획을 다시 짜고 조금씩 시도하는 것이다.

지적 욕구는 지식이 쌓이면 쌓일수록 더 커지고, 사람은 숨이 찰 정도로 계속 노력하게 마련이다. 이런 사람들은 "숨가쁘게 서두르는 것이 영원히 졸고 있는 것보다 훨씬 낫다"고 말할지도 모른다.

그러나 계획이 실천하기에 너무 **빡빡**해지는데도 그것을 수정하지 않으려면, 차근차근 계획을 진행하는 것이 좋을 것 같다.

애완견을 데리고 산책하고 돌아와서 책을 읽기 전에 5분 정도 아무 생각 없이 시간을 보내는 것이다. 다시 말해, 낭비하는 것을 완전히 의식하며 5분을 흘려보내는 것이다.

첫걸음이 중요하다

가장 치명적인 위험은 이미 얘기한 것 중에 있다. 그런데 나는 다시 한번 이런 위험을 강조해야 한다. 바로 인생을 충실하게 사는 대업을 시작하는 단계에서 실패할 위험이다.

시작 단계에서 실패하는 것은 갓 태어난 생명력을 쉽게 죽게 할지도 모른다. 따라서 그런 위험을 피하기 위한 모든 예방 조치를 강구해야만 한다.

우선 충동에 지나치게 휩쓸려서는 안 된다. 첫걸음을 아둔할 정도로 아주 느리게 내디뎌라. 그러나 가능한 한 규칙적으로 시작해라.

그리고 한번 어떤 작업을 달성하기로 결정했으면, 무슨 수를 써서라도 게으름과 나태를 버리고 달성해라. 지루한 노동의 대가로 성취한 자신감은 정말 대단한 것이다.

끝으로 저녁 시간에 첫 번째 과제(독서나 공부)를 선택할 때, 당신의 취향과 본능적인 이끌림이 아닌 어떤 것에도 이끌리지 마라.

걸어다니는 철학 백과사전처럼 위대한 철학 박사가 되는 일은 멋진 것이다. 그러나 당신이 철학에 대한 어떤 관심도 가지고 있지 않다면, 대신 거리에서 들리는 소리의 발달사에 관심이 생긴다면, 철학을 버리고 거리의 소리의 발달사에 몰두해라.

옮긴이 이임광_서강대 국문학과 졸업. 웅진닷컴 〈생각쟁이〉, 〈한경 비즈니스〉
취재기자를 거쳐 현재 미국의 경제전문지 포브스(Forbes) 한국판 기자로 활동하고 있다.

아침형 인간의 24시간 활용법

초판 1쇄 | 2004년 2월 9일
지은이 | 아놀드 베넷
옮긴이 | 이임광
펴낸이 | 김영재
펴낸곳 | 책만드는집

주소 | 서울 마포구 합정동 428-49 4층(121-886)
전화 | 3142-1585·6
팩시밀리 | 336-8908
E-mail | chaekjip@chol.com
등록 | 1994. 1. 13. 제10-927호

잘못된 책은 구입하신 서점에서 바꾸어 드립니다.

ISBN 89-7944-187-8 (03840)